# *Cien vistas del monte Fuji*

—

Osamu Dazai

Colección Hilados - 7
Primera edición, enero 2025

*Cien vistas del monte Fuji*, Osamu Dazai

© de la presente edición
Satori Ediciones
C/ Domingo Juliana, 16, 33213, Gijón, España
www.satoriediciones.com

Traducción: Yoko Ogihara y Fernando Cordobés
Cubierta y maquetación: Marco Recuero
Impresión: Gráficas Eujoa

ISBN: 978-84-19035-93-6
Depósito legal: AS 02098-2024

Las laderas del monte Fuji, en las representaciones de Hiroshige[1], convergen en un ángulo de ochenta y cinco grados y las de Buncho, en otro de unos ochenta y cuatro. Sin embargo, si uno estudia los mapas del Ejército, comprobará que el ángulo formado por las laderas este y oeste es de ciento veinticuatro grados y el formado por las del norte y el sur, de ciento diecisiete. Y no se trata solo de Hiroshige o Buncho, sino de la mayor parte de los pintores que han retratado el Fuji. De hecho, plasman el encuentro de las laderas en un ángulo agudo, con la cumbre esbelta, noble y delicada. Algunas de las interpretaciones de Hiroshige se parecen más a la torre Eiffel, con una inclinación que alcanza casi los treinta grados. Pero el auténtico Fuji es inconfundiblemente

1    Utagawa Hiroshige (1797-1858), uno de los máximos representantes del paisajismo japonés.

obtuso, con largas y lentas pendientes. Por algo los ciento veinticuatro grados del lado este-oeste y los ciento diecisiete del norte-sur terminan en una montaña que no es especialmente alta, grandiosa ni esbelta. Si yo viviese en la India, por ejemplo, y de pronto me atrapase un águila con sus garras para soltarme en la playa de Numazu, dudo mucho de que me impresionara de verdad la visión de esa montaña. El «Fujiyama», como lo conocen los occidentales, esa montaña maravillosa para ellos, lo es por la simple razón de que han oído hablar de ella hasta la saciedad y de que siempre han deseado verla con sus propios ojos. Sin embargo, ¿hasta qué punto resulta atractiva para alguien que no ha estado sometido a semejante bombardeo propagandístico, para alguien de corazón puro, simple, libre por completo de ideas preconcebidas? Quizás le resultaría incluso insegura como montaña. Es pequeña. Con relación a su enorme base es pequeña. Cualquier montaña con semejante base debería ser, como mínimo, el doble de alta.

La única vez que el monte Fuji me ha parecido verdaderamente alto fue cuando lo contemplé desde el paso de Jukkoku. Aquello estuvo bien. En un principio, no alcancé a ver la cumbre por culpa de las nubes, pero, por los ángulos que formaban las laderas más bajas, calculé un lugar allí arriba donde con toda seguridad se encontraría el pico. A medida que el cielo se despejaba, descubrí, sin embargo, que me había equivocado. La cumbre azulada ascendía al menos el doble de mi cálculo inicial. Más que sorpresa sentí un cosquilleo y me eché a reír. En aquella ocasión tuve que admitir el poder del Fuji. Cuando uno se enfrenta a algo con una confianza absoluta, tiende, en primer lugar, a reírse de sí mismo. No queda más que enmendarse. Sé que es una metáfora extraña, pero es parecido a cuando uno se sonríe aliviado después de aflojarse un cinturón que le aprieta demasiado. Esto va para los chicos jóvenes: si alguna chica a la que amáis se ríe cuando os ve, deberíais congratularos. No se lo reprochéis. Simplemente es que se ha sentido abrumada por la confianza absoluta que despertáis en ella.

El monte Fuji, visto desde la ventana de un apartamento en Tokio, resulta una visión dolorosa. En invierno suele estar despejado y es bien visible: un pequeño triángulo que se asoma en el horizonte. Eso es el monte Fuji: nada. Un dulce de Navidad para decorar. Es más, por si fuera poco, se escora tristemente hacia la izquierda, como un buque de guerra tocado y a punto de zozobrar.

Fue precisamente durante el invierno de hace tres años cuando cierta persona me desconcertó con una confesión inesperada. Me desesperé. Aquella noche me senté solo en una de las habitaciones del apartamento donde vivía y me entregué al sake. Bebí toda la noche. No pegué ojo. Al alba me levanté para ir a aliviarme y, a través de la rejilla que protegía la ventana del baño, vi el Fuji. Pequeño, blanco, puro, ligeramente inclinado a la izquierda: una visión que jamás podré olvidar.

Sobre el asfalto de la calle que quedaba bajo la ventana, un pescadero se apresuraba con su bicicleta. Murmuraba: «¡Anda, hoy se ve muy bien el Fuji! ¡Maldita sea, qué frío hace!». Me quedé allí a oscuras. Acariciaba la rejilla sin poder evitar lágrimas de pura desesperación. Una experiencia por la que no me gustaría volver a pasar nunca más.

A principios del otoño de 1938, tomé la decisión de replantearme la vida. Metí unas pocas cosas en una maleta y salí de viaje.

Koshu. Lo que caracteriza las montañas de allí son sus moderadas y extrañas pendientes que parecen sin propósito. Un hombre llamado Kojima Usui[2] escribió en sus *Paisajes de Japón* que muchos hombres cínicos iban a esas montañas dándoselas de eremitas, pero en realidad acudían para retozar a sus anchas. Quizás las de Koshu son más raras que las demás. Me subí a un autobús en la ciudad de Kofu y, después de traquetear más de una hora, llegué al paso de Misaka.

El paso de Misaka: mil trescientos metros sobre el nivel del mar. En lo más alto está Tenka Chaya, una pequeña casa de té en una de cuyas habitaciones de la segunda planta se alojaba mi mentor, Ibuse Masuji[3],

---

2     Kojima Usui (1873-1948), escritor y alpinista japonés autor de varios libros de viajes.

3     Ibuse Masuji (1898-1993), escritor nacido en Hiroshima y autor de la famosa novela *Lluvia negra*.

encerrado allí voluntariamente desde comienzos del verano para escribir. Fui a verlo a propósito. Siempre y cuando no fuera una molestia para él, también yo pretendía alquilar una habitación y retozar un poco en las montañas.

El señor Ibuse era un trabajador empedernido. Consintió en que me hospedara en la misma posada y así lo hice. A partir de ese momento, todos los días sin excepción, me gustase o no, me enfrenté cara a cara con el monte Fuji. El paso, lugar estratégico durante el periodo Kamakura[4], conectaba Kofu con la carretera de Tokaido y ofrecía una perspectiva de la ladera norte del Fuji, que se consideraba entre las tres mejores vistas del monte desde tiempos remotos. A mí, en cambio, no me gustaba mucho. Demasiado perfecta. El Fuji quedaba justo en medio de las frías aguas del lago Kawaguchi y las silenciosas montañas a su alrededor parecían acunarlo. Era una visión que me confundía, me sonrojaba. Parecía un fresco de tres al cuarto pintado en la pared de un baño público, un escenario, tan medido y ordenado que resultaba ridículo.

Un mediodía soleado, dos o tres días después de instalarme, Ibuse-san[5] terminó una parte de su trabajo. Decidimos ir juntos a pie hasta el paso de Mitsu. El paso de Mitsu: mil setecientos metros de altitud sobre el

---

4   Periodo de la historia de Japón que abarca de 1185 a 1333, cuando la ciudad de Kamakura era la capital política del país.

5   El sufijo -*san* pospuesto al nombre denota respeto.

nivel del mar. Más alto que el de Misaka. Se alcanzaba su cumbre más o menos en una hora después de trepar por una pendiente empinada. Apartando hiedras y plantas mientras gateaba hacia la cumbre, mi aspecto era digno de lástima. Ibuse-san vestía ropa adecuada para caminar por la montaña y lucía una garbosa figura. Como yo no disponía de semejante atuendo, me había puesto una *dotera*[6] que me habían prestado amablemente en la posada. Era demasiado corta, sin embargo, y dejaba expuestas al aire las peludas canillas de mis piernas. Calzaba un par de botas gruesas con suela de caucho que me había prestado el abuelo de la casa de té y era muy consciente del horrible aspecto que presentaba. Hice unos cuantos arreglos con un cinturón para ajustarme la *dotera*. Me puse un sombrero de paja que había colgado en un perchero, con el único resultado de empeorar aún más las cosas. Nunca olvidaré cómo Ibuse-san, una persona que jamás denigraba a nadie por su aspecto, me miró compasivo. «Es mejor que un hombre no se preocupe demasiado por su vestimenta», dijo para consolarme.

Fuera como fuera, alcanzamos la cumbre, pero enseguida una espesa niebla se cernió sobre nosotros. Incluso en la plataforma de observación que había al borde del precipicio, no se veía nada de nada. No veíamos nada. Envuelto en la espesa niebla, Ibuse-san se sentó en

6    Quimono más corto de lo normal de tela de algodón acolchada. Se utiliza como abrigo y también como manta para dormir.

una piedra, se fumó un cigarrillo y se tiró un pedo. Parecía aburrido sin remedio. Cerca de allí había tres pequeñas y oscuras casas de té. Elegimos una regentada por una pareja mayor y tomamos una taza de té caliente. La mujer sintió lástima de nosotros. Habíamos tenido mala suerte con la niebla, comentó. También nos dijo que no tardaría en despejar. En condiciones normales, desde allí se veía el monte Fuji en todo su esplendor. Descolgó una gran fotografía de la pared y salió con ella hasta la plataforma, donde la levantó para indicarnos el lugar exacto donde estaba el Fuji. Así de grande y despejado se veía, como en la foto. Nos bebimos el té mientras admirábamos un Fuji maravilloso. Dejó de importarnos la impenetrable niebla.

Sucedió, creo, dos días después de que Ibuse-san tomara la decisión de marcharse. Lo acompañé hasta Kofu y allí me presentó a una joven con quien ya me había sugerido contraer matrimonio. La visitamos en su casa de las afueras de la ciudad. Él iba vestido informalmente con su ropa de montaña. Yo, con un quimono ceñido con un cinturón. En el jardín de la casa crecían rosas en profusión. La madre de la joven nos acompañó hasta el salón, donde intercambiamos saludos formales y, al cabo de un rato, apareció la joven. Evité mirarla a la cara directamente. Ibuse-san y la madre de la chica mantenían una de esas conversaciones de cortesía típicas de los adultos. De pronto, se fijó en una foto que había colgada en la pared justo detrás de mí. «¡Ah, el monte Fuji!», exclamó. Me retorcí como pude para contemplar la imagen. Era una fotografía aérea del cráter de la cumbre. Parecía un nenúfar blanco, inmaculado. Después de estudiar la foto, me di media vuelta hasta recuperar mi posición original y le robé un fugaz vistazo a la chica. Eso bastó. En ese instante, a pesar de todas las dificultades que debía enfrentar, decidí que me casaría con ella. Le estaba muy agradecido al monte Fuji.

Ibuse-san regresó a Tokio aquel mismo día. Yo, al paso de Misaka. Durante los meses de septiembre, octubre y hasta mediados de noviembre, estuve hospedado en la segunda planta de aquella posada esforzándome por sacar mi trabajo adelante poco a poco, frente a una de las supuestas tres mejores vistas de la montaña que a mí no me gustaba nada.

Un día me divertí de lo lindo. Un amigo mío, miembro del grupo de los románticos japoneses que daba clases en alguna universidad, se dejó caer por allí. Salimos al pasillo a fumar y a disfrutar de la vista.

—Espantoso, burdo, ¿no te parece? Es como si estuviéramos obligados a decir: «¡Oh, honorable Fuji!».

—Sin duda, casi me avergüenza mirarlo.

—¿Qué es eso? —preguntó mi amigo apuntando con la barbilla—. Ese tipo de ahí, el que va vestido como un monje.

Un hombre de escasa estatura y unos cincuenta años, vestido con una especie de capa raída, subía en dirección al paso arrastrando algo y sin dejar de volverse cada dos por tres para contemplar el Fuji.

—Me recuerda a ese cuadro titulado *El monje Saigyo admira el monte Fuji*, ¿no te parece? —observé—. Sin duda el tipo tiene estilo.

A mis ojos parecía una evocación del pasado.

—Supongo que será un santón o algo por el estilo.

—No seas absurdo —dijo mi amigo con desapego—. No es más que un simple vagabundo.

—De eso nada. Hay algo especial en él. Mira cómo camina, tiene algo, te lo digo yo. Sabes, se cuenta que el monje Noin[7] escribió poemas desde este mismo lugar para mayor gloria del Fuji...

—¡Ja, ja, ja! —Las risotadas de mi amigo me interrumpieron antes de que pudiera continuar—. Fíjate bien. ¿A eso lo llamas tener algo?

El perro de la posada, Hachi, se puso a ladrarle a esa versión moderna de Noin en cuanto la vio. La escena de pánico que tuvo lugar a continuación resultó absurda hasta un límite difícil de creer.

—Supongo que tienes razón —admití alicaído.

El vagabundo, cada vez más aterrorizado, empezó a dar patéticos trompicones, soltó sus cosas de cualquier manera para aligerarse de peso y echó a correr para salvar su preciado pellejo. Cierto, no tenía nada de nada. El supuesto monje resultó tan falso como la supuesta

7  Noin (988-?), poeta de la época Heian (794-1185), considerado uno de los treinta y seis mejores poetas de la Antigüedad.

belleza del Fuji y, aún hoy, cuando recuerdo la escena, no puedo evitar la risa por lo absurdo que resultó aquello.

Un joven cortés y afable de veinticinco años llamado Nitta vino a visitarme a la posada. Trabajaba en la oficina de correos de Yoshida, un pueblo estrecho y alargado que quedaba al pie de las montañas, debajo del paso. Supo dónde me hospedaba al leer la dirección en el correo que me llegaba. Hablamos un buen rato en mi habitación, nos sentíamos a gusto el uno en compañía del otro.

—De hecho, pensaba venir con dos o tres amigos míos —dijo con una amplia sonrisa—, pero al final prefirieron no venir. Bueno, verá, leí algo que había escrito Haruo Sato-sensei[8] sobre usted. Afirmaba que era un decadente sin remedio, mentalmente inestable. No me sentí con fuerzas para obligarlos a venir. No tenía forma de saber que es usted un hombre serio y amable. La próxima vez los traeré, si a usted le parece bien, por supuesto.

—Está bien, claro —contesté con una sonrisa amarga—, pero permítame que aclare esto antes de nada. Usted ha venido primero en una suerte de misión de reconocimiento en representación de sus amigos, ¿me equivoco? Y, para hacerlo, ha tenido que armarse de valor.

—Formo parte de una misión suicida —respondió con franqueza—. Volví a leer ese texto de Sato-sensei ayer mismo por la noche y me resigné a las posibles consecuencias.

---

8   Haruo Sato (1892-1964), escritor y poeta japonés. *Sensei* o «maestro» es un tratamiento de respeto.

Miré el Fuji a través de la ventana. Se alzaba en la distancia, impasible, silencioso. Me impresionó.

—No está mal, ¿no le parece? Algo tiene el Fuji después de todo. ¿Sabe lo que ocurre? Que representa bien su papel.

Yo no era rival para el Fuji. Me avergonzaban mis veleidades, mis constantes cambios del amor al odio. El Fuji era grandioso. El Fuji bien, gracias.

—¿Le parece que representa bien su papel? —preguntó Nitta sin duda extrañado por la oscuridad de mis palabras.

Cada vez que vino a visitarme a partir de entonces, trajo a alguno de sus jóvenes amigos con él. Eran todos tipos callados, tranquilos. Me llamaban *sensei* y yo aceptaba la cortesía sin inmutarme, a pesar de no tener nada de lo que jactarme. No tenía estudios; talento, el justo; mi cuerpo era un desastre, mi corazón estaba arruinado. Solo por haber conocido el sufrimiento estaba cualificado a ojos de aquellos jóvenes para ser digno del tratamiento de *sensei*. No tenía nada más que eso, era el único orgullo al que me podía agarrar, algo que nunca iba a permitir que desapareciera. Mucha gente había escrito sobre mí, que era un chico malcriado, un egoísta, pero qué pocos eran los que en realidad conocían el sufrimiento que llevaba dentro.

Nitta y otro joven llamado Tanabe, con un don para la poesía *tanka*[9], eran lectores asiduos de la obra de Ibuse-san y, quizás por eso, los únicos con los que me sentía a gusto hasta el extremo de intimar. En una ocasión me llevaron con ellos al pueblo de Yoshida. Era un pueblo extremadamente largo y estrecho flanqueado por montañas que ascendían en todas direcciones. Desprovisto de sol y protegido del viento al socaire del Fuji, resultaba oscuro, frío, no muy distinto del serpenteante y larguirucho tallo de una planta muerta por falta de luz. Los arroyos corrían por las calles, característica, al parecer, compartida por los pueblos y ciudades que se encontraban al pie de las montañas. También en la localidad de Mishima, los cursos de agua fluyen por todas partes y la gente del lugar cree de verdad que sus aguas provienen de la nieve fundida del Fuji. Los arroyos de Yoshida, por su parte, son más escasos que los de Mishima y el agua está más turbia.

—Hay un cuento de Maupassant —dije al contemplar uno de ellos— sobre una señorita que cruza a nado todas las noches un río para encontrarse con un joven noble, pero siempre me he preguntado qué hacía con la ropa. ¿Se la quitaba para ir desnuda a su encuentro?

—No, desde luego que no... —Los jóvenes parecieron sorprendidos por mi observación—. Quizás llevase un bañador.

9    Poemas compuestos por cinco versos de 5, 7, 5, 7 y 7 sílabas.

—¿De verdad creéis que se quitaba la ropa, la colocaba sobre su cabeza para protegerla del agua y después nadaba?

Los dos se rieron.

—Quizás se metía en el agua vestida —proseguí con mi elucubración— y, cuando se encontraba con su amado, se sentaban junto a la estufa. Claro, pero, en ese caso, ¿qué haría a la vuelta? No le quedaría más remedio que mojarse otra vez de regreso a casa. Siempre me he preocupado por ella. No entiendo la razón por la que no es el joven noble quien se mete en el agua. Un hombre puede nadar en calzoncillos sin parecer ridículo. A lo mejor era uno de esos tipos que nadan peor que las piedras.

—No —intervino Nitta muy serio—. Yo creo que la chica estaba más enamorada de lo que lo estaba él.

—Puede ser. Las señoritas en los relatos o novelas de los autores occidentales siempre son muy bonitas y muy audaces. Quiero decir, si quieren a alguien, son capaces de cruzar un río a nado para ir a su encuentro. No encontraréis nada parecido en Japón. Pensad en ello... ¿Cuál era el título de aquella obra? Había un río. En una orilla, un hombre; en la otra, una princesa. Se pasan toda la obra sin dejar de llorar y lamentarse. La princesa no tiene ninguna razón para comportarse así. ¿Por qué no se decide y nada hasta la otra orilla? Se trata de un río muy estrecho que podría vadear sin dificultad. Todo ese llanto resulta absurdo. A mí, esa princesa no me merece compasión alguna. Sin embargo, en el *Diario de Asagao*[10] es el río Oi el que aparece, un gran río y encima Asagao es ciega, así que me compadezco un poco de ella; pero así y todo es un río que puede cruzarse a nado. ¿Qué sentido tiene quedarse en una orilla del río maldiciendo a los dioses? Pero... Esperad un momento. Sí hubo una mujer audaz en Japón. Ella sí era alguien de verdad. ¿Sabéis a quién me refiero?

—¿A quién? —preguntaron con un repentino brillo en los ojos.

—A la dama Kiyo. Cruzó a nado el río Hidaka tras los pasos del monje Anchin. Nadó como si la llevaran los demonios. Una gran mujer. Según la leyenda tenía catorce años entonces[11].

Caminamos por la calle sin dejar nuestras elucubraciones hasta llegar a una antigua posada en las afueras regentada por un conocido de Tanabe. Allí bebimos. El Fuji se veía maravilloso aquella noche. Alrededor de las diez, los dos jóvenes me dejaron allí y regresaron a sus casas. En lugar de acostarme, salí al exterior abrigado con mi *dotera*. La luna lucía sorprendentemente brillante. El Fuji bien, gracias. Bañado por el claro de luna, desprendía un azul traslúcido y me sentía como si hubiera caído bajo el hechizo de un

10  Obra de teatro de marionetas escrita por Chikamatsu Tokuso (1751-1810).

11  Leyenda del templo budista Dōjō, según la cual la dama Kiyohime, después de enamorarse del joven monje Anchin y ser traicionada por él, se transformó en una gran serpiente que terminó por matar a su antiguo amante.

zorro[12]. Tal era la intensidad de la escena. Como un fósforo al prenderse. Como fuegos fatuos, luciérnagas, gramíneas, como Kuzu-no-Ha, el zorro blanco con forma humana. Continué por la carretera siguiendo una perfecta línea recta, como si no tuviera piernas. Podría haberlo jurado de no escuchar el claqueteo de mis *geta*[13], pero el ruido de mis chanclas se me antojaba un sonido que no tenía relación conmigo, sino algo vivo, independiente de mi existencia. Un ritmo de una excepcional claridad: *clap*, *clap*, *clap*. Me giré para mirar atrás. El Fuji estaba ahí, bajo un manto azul, flotando en el espacio. Suspiré. Kurama Tengu[14]. Así era como me veía a mí mismo. Crucé los brazos y caminé dándome aires. Había recorrido un trecho considerable cuando me llevé la mano al bolsillo y me di cuenta de que había perdido el monedero. Tenía como poco veinte monedas de cincuenta, por lo que supuse que se me había caído por el peso. Sin embargo, conservé la calma. De haber perdido el dinero, todo lo que tenía que hacer era caminar de vuelta hasta el paso de Misaka, pensé. Sin embargo, se me ocurrió volver sobre mis pasos sin prisa. El Fuji en la distancia, la luna llena, un hombre con aspiraciones como

---

12    Según la creencia popular japonesa, los zorros tienen la habilidad de adoptar formas humanas.

13    Chanclas tradicionales japoneses con suela de madera.

14    Kurama Tengu, nombre del protagonista de una novela de Jiro Osaragi (1897-1973).

los artífices de Meiji[15]... La pérdida del monedero se me antojó entonces una novela con encanto. El monedero brillaba a la luz de la luna en mitad del camino. ¿En qué otro sitio podía estar? Me agaché para recogerlo, regresé a la posada y me metí en la cama.

El monte Fuji me había embrujado, me había transformado en un simplón sin voluntad propia. Al recordar aquello, aún experimento una peculiar languidez próxima al agotamiento.

Me quedé en Yoshida solo una noche. Cuando volví al paso de Misaka, la mujer que regentaba el lugar me recibió con una amplia sonrisa. Su hija, que no tendría más de quince años, se ponía muy estirada conmigo. Me sentí obligado a explicarles que no había hecho nada reprobable, a pesar de que no me preguntaron nada. Les hablé de mi experiencia del día anterior. Les di todos los detalles, el nombre de la posada, el gusto del sake de Yoshida, el aspecto del monte Fuji bajo el claro de luna, mi monedero perdido... La hija se relajó.

—¡Señor, levántese y venga a ver!

Una mañana, poco después de mi regreso, la chica me gritó con su voz estridente que me asomara y me levanté a regañadientes. Sus mejillas estaban rojas de excitación. Señaló hacia el cielo. Miré y... ¡Ah, nieve! La nieve había

---

15    La Restauración Meiji (1868) fue un proceso de modernización forzosa y acelerada del país impuesto desde las élites, que coincidió con el reinado del emperador del mismo nombre.

cubierto el monte Fuji. La cumbre lucía una blancura radiante. No, aquella visión desde el paso de Misaka no era algo que uno pudiera despreciar, pensé.

—Se ve bonito.

—¿No le parece maravilloso? —preguntó triunfante con las palabras mejor escogidas. Se sentó sobre sus talones—. ¿Aún le parece que el Fuji desde el paso de Misaka no merece la pena?

Le había dicho en repetidas ocasiones que el Fuji era una visión vulgar y quizás se lo había tomado demasiado a pecho.

—Veamos —dije para enmendarme con un semblante grave—. El Fuji no merece la pena si no está nevado.

Me puse la *dotera* y salí a caminar por la montaña. Aproveché para recoger tantas semillas de prímulas como pude. De regreso, las esparcí por el patio trasero.

—Ahora escúchame —le dije a la chica—, son mis prímulas de noche y volveré el año que viene para verlas. No quiero que tires aquí el agua de lavar la ropa.

Asintió. Elegí esas flores en particular porque cierto incidente me había convencido de que al Fuji le sentaban bien las prímulas de noche. La casa de té del paso de Misaka era una posada que uno podía considerar un lugar remoto, hasta el extremo de que el correo no llegaba hasta allí. Después de treinta minutos de saltos y sacudidas en un autobús desvencijado, se alcanzaba un villorrio llamado Kawaguchi, si es que se podía llamar así las cuatro casas que había junto al lago, donde depositaban mi correo. Cada tres días me tocaba recorrer el trayecto para ir a buscarlo y trataba de elegir los días de tiempo despejado. La chica que conducía el autobús no daba información alguna a los pasajeros sobre lo que se veía alrededor, pero de vez en cuando, casi como si fuera una ocurrencia, alguno de ellos murmuraba apático algo terriblemente prosaico del tipo: «Ese es el paso de Mitsu. Más allá está el lago Kawaguchi; hay un pez llamado Wakasagi...».

Un día, después de recoger el correo, volví a montar en el autobús para regresar al paso de Misaka y me senté junto a una mujer de unos sesenta años que llevaba un abrigo grueso de color marrón oscuro encima de su quimono. Tenía la cara pálida, unos rasgos agradables. Se parecía mucho a mi madre. La conductora del autobús dijo para sorpresa general: «Señores y señoras, hoy pueden ver el Fuji en todo su esplendor». Sus palabras podían constituir tanto una información como una exclamación. Los pasajeros, entre ellos algunos trabajadores jóvenes cargados con sus mochilas a la espalda y una *geisha*[16] vestida con un quimono de seda, el pelo recogido en un moño al estilo tradicional y un pañuelo que apretaba contra los labios, se giraron a la vez para estirar el cuello y mirar en dirección a la montaña triángulo como si fuera la primera vez que la veían. Se sucedieron exclamaciones tontas que durante un buen

---

16   Mujer artista profesional de tipo tradicional que en restaurantes típicos entretiene a los clientes con cantos, bailes, música, juegos, conversación y compañía.

rato llenaron el autobús de una zumbante conmoción. Al contrario de los demás pasajeros, la mujer sentada a mi lado parecía albergar una profunda angustia en su corazón. Apenas miró el Fuji de refilón para concentrarse enseguida en la ventana opuesta desde donde se veía el acantilado que bordeaba la carretera. Observarla me produjo un gran placer y el irrefrenable deseo de mostrarle que tampoco yo, en mi estilo nihilista, eso sí, tenía el más mínimo interés en comerme con los ojos una montaña tan corriente como aquella. Aunque no me hubiera dirigido la palabra, sentí que empatizaba con ella, como si fuera capaz de comprender su sufrimiento e infelicidad. En el fondo esperaba recibir su afecto y aprobación maternales. Me acerqué aún más en silencio y miré ausente hacia el acantilado como hacía ella.

Quizás mi cercanía le agradó.

—¡Ah, las prímulas de noche! —exclamó apuntando con un dedo esbelto un lugar que quedaba junto a la carretera.

El autobús pasó deprisa, pero el destello de los pétalos de las flores se quedó grabado en mi memoria.

Enfrentadas a los 3778 metros del monte Fuji, sin agitarse lo más mínimo, erguidas, heroicas, casi me atrevería a decir hercúleas, aquellas prímulas de noche (*was good?*)[17]. Al Fuji le sentaban bien las prímulas.

17    En inglés en el original.

Octubre llegó a su ecuador. Yo seguía sin hacer grandes progresos en el trabajo. Echaba en falta a la gente. El ocaso traía nubes ribeteadas de escarlata, henchidas como los vientres de los gansos. Salía al pasillo del segundo piso para fumar a solas, sin dejar de mirar al Fuji, atento siempre a los cambios en las hojas de los árboles que poblaban los bosques. Por aquel entonces, se teñían de carmesí como si fueran sangre que brotara de las ramas. Llamé a la dueña que barría las hojas caídas en la entrada de la posada.

—¡Mañana hará un buen día!

Incluso a mí me sorprendió el tono agudo de mi voz. Sonó casi como un grito de alegría. Se detuvo un instante sin soltar la escoba y me miró con aire desconfiado y el ceño fruncido.

—¿Tiene algo previsto para mañana?

La pregunta me pilló por sorpresa.

—No, nada.

Se rio.

—Se está convirtiendo usted en un solitario. ¿Por qué no sube la montaña para hacer un poco de ejercicio?

—Si hago eso, será únicamente para tener que volver a bajar más tarde. No tiene ningún sentido, sea cual sea la montaña. ¿Qué hay allí aparte de una nueva perspectiva del monte Fuji? Solo de pensarlo, siento como si me pesara el corazón.

Supongo que decir algo así resultaba extraño. La mujer asintió con un gesto ambiguo y continuó con las hojas.

Antes de acostarme, descorrí las cortinas para mirar el Fuji desde mi ventana. En las noches de luna llena se veía pálido, azulado, inmóvil como si fuera el espíritu de los ríos y lagos que brotaban a su sombra. Suspiré. ¡Ah, el Fuji! ¡Y cómo resplandecían las estrellas! El día siguiente hizo espléndido. Momentos así eran de los pocos en los que sentía la alegría de estar vivo. Volví a echar las cortinas y me acosté. Me dio por pensar. Si al día siguiente volvía a hacer bueno, ¿qué tenía eso que ver conmigo en realidad? Me resultó todo tan absurdo que terminé por reír amargamente tumbado en el futón.

Era insoportable. Mi trabajo... No tanto arrastrar la pluma sobre el papel (eso no, en absoluto; de hecho, la escritura en sí misma es algo que me resulta placentero), sino los interminables titubeos y tribulaciones relacionados con mi visión del mundo y con lo que llamamos arte, literatura, la búsqueda de algo nuevo. Todas esas cuestiones solo lograban que me retorciera de pura ansiedad.

Tomar lo que es simple y natural y, por tanto, conciso, lúcido; captarlo para transferirlo enseguida al papel era, me parecía, todo cuanto debía hacer, y eso me permitía ver a veces el Fuji bajo una luz distinta. Pensaba entonces que su forma era la auténtica plasmación de la belleza, algo que podría llamar su expresión elemental. A pesar de todo, llegaba otra vez a la conclusión de que no: el Fuji tenía algo en su extrema simplicidad cilíndrica que me superaba. Si por eso era digno de admiración, lo mismo

les sucedía entonces a las figuritas de Buda sonrientes
que siempre había detestado y que no tenían nada que
uno pudiera calificar de expresivo. En la silueta del Fuji
había algo erróneo, algo que no funcionaba. Llegado a ese
punto, me sentía obligado a repensar una y otra vez sobre
la misma cuestión cada vez más confundido.

Mañanas y tardes enteras sin dejar de contemplarlo.
Así es como se me pasaban aquellos días desalentadores.
A finales de octubre, llegó de Yoshida una caravana de
cinco automóviles llenos de prostitutas. Pensé que debía
de ser su único día libre en todo el año. Las observé desde
la ventana de mi cuarto. Entre el tumulto de colores de
sus ropas, las chicas salieron de los coches como palomas
mensajeras liberadas de sus jaulas sin saber bien adónde
dirigirse. Se agruparon juguetonas, se empujaban, se reían.
Cuando el nerviosismo y la curiosidad inicial se calmaron,
el grupo se dispersó. Algunas se dedicaron a elegir
postales de un expositor que había en la posada, otras
se quedaron boquiabiertas al contemplar la montaña.
Por alguna razón, me resultaba una escena sombría que
casi no se podía mirar. A pesar de que yo era un hombre
solitario recluido allí como un eremita, a pesar incluso
de estar dispuesto a morir por ellas, no tenía nada que
ofrecerles si se trataba de felicidad. Lo único que podía
hacer era contemplarlas. Aquellos que sufren deben sufrir.
Los que caen deben caer. No tenía nada que ver conmigo.
El mundo era así. Por tanto, fingí indiferencia, a pesar de
lo cual sentía algo más que un leve dolor.

Recurramos al Fuji. La idea se me ocurrió de repente.
¡Eh, tú, mira a esas chicas! Gritaba esas palabras en mi
interior. Miré a la montaña impasible, recortada contra
el cielo invernal, guardiana del mundo como una gran
señora, alerta, arrogante, segura de sí misma. Aliviado,
me olvidé del grupo de cortesanas y me dirigí con ánimo
renovado hacia el túnel de la carretera con el niño de
seis años que vivía en la posada y con Hachi, el perro
lanudo. Junto a la entrada del túnel, una de las prostitutas,
una chica muy delgada de unos treinta años, recogía
en silencio un ramo de flores silvestres. Apenas se giró
al vernos pasar. Enseguida se concentró de nuevo en
las flores. «Cuida también de esta», imploré al Fuji
lanzándole una mirada furtiva. Con el chico de la mano,
caminé con brío hasta la entrada del túnel. Una vez
dentro, caminé a grandes zancadas sin dejar de pensar:
«No tiene nada que ver conmigo». Las gotas de agua
helada que caían del techo me golpeaban las mejillas y la
parte de atrás del cuello.

Fue más o menos en esa época cuando mis planes de
boda se toparon con un serio impedimento. Me hicieron
entender, no precisamente en términos equívocos, que
mi familia no me iba a ayudar. Una vez casado, estaba
decidido a mantener mi hogar gracias a la escritura, pero
había sido demasiado presuntuoso al asumir que mi
familia me ayudaría con una cantidad mínima de cien
yenes para afrontar los gastos de una boda digna. Después

de un intercambio de cartas, quedó claro que no iba a ser así y me encontré completamente perdido respecto a qué hacer. Asumí las cosas como estaban. Era más que probable que por parte de la familia de la joven decidieran no seguir adelante con el asunto. No me quedaba más remedio que enfrentarme a la realidad, bajar de la montaña e ir a verla a su casa en Kofu. Una vez allí, me hicieron pasar al salón. Me senté frente a madre e hija y les expliqué el asunto en detalle. Para mayor desconcierto, a veces sonaba como si soltara un discurso, pero al menos fui capaz de describir la situación de manera clara y honesta.

La joven no se alteró en ningún momento.

—¿Quiere eso decir que su familia se opone al matrimonio? —me preguntó con la cabeza ligeramente inclinada hacia un lado.

—No, no se trata de eso —dije sin dejar de presionar ligeramente la palma de mi mano derecha contra la mesa—. Más bien parece su forma de decir que debo hacer todo solo.

—En ese caso, no veo ningún impedimento —interrumpió la madre gentil—. Como usted puede comprobar, no somos ricas y demasiada ceremonia nos haría sentir incómodas. Siempre y cuando el afecto que siente por mi hija sea verdadero y se tome en serio su trabajo, a nosotras nos basta con eso.

Sin agradecérselo siquiera con una leve reverencia, me quedé callado un buen rato absorto en la contemplación del jardín. Sentía los ojos cargados. Me propuse convertirme en un devoto y considerado yerno.

Al marcharme, mi prometida me acompañó hasta la parada del autobús.

—Bueno, ¿qué piensas de todo esto? —le pregunté de camino—. ¿Deberíamos seguir así un tiempo? —Pura afectación.

—No —dijo ella con una sonrisa—. Para mí ya ha sido suficiente.

—¿No hay nada que quieras preguntarme? —Como si así confirmase mi insensatez.

—Sí.

Diría toda la verdad, fuera lo que fuera lo que quisiera preguntar.

—¿Aún no está nevado el Fuji?

Me desconcertó.

—Sí, la cumbre...

Las palabras se me escaparon mientras se aparecía ante nosotros la estampa de la montaña.

—¿Qué demonios? Puedes verlo desde aquí. ¿Me tomas el pelo? —De pronto me expresaba como un matón—. ¡Vaya pregunta! ¿Acaso me tomas por tonto?

Bajó la mirada y rio tontamente.

—Te hospedas en el paso de Misaka. Pensaba que debía preguntarte por el Fuji.

Una chica extraña, me dije a mí mismo.

Cuando volví de Kofu, me di cuenta de que tenía los hombros rígidos, apenas podía respirar.

—Sabe, señora. El paso de Misaka es un buen lugar después de todo. Me siento como si regresara a casa.

Después de la cena, la dueña y su hija se turnaron para darme masajes en los hombros. Los puños de la dueña eran duros, penetrantes; los de la chica, en cambio, eran suaves, apenas notaba su efecto en mí.

—Más fuerte, más fuerte... —le decía todo el tiempo. Al final agarró un tronco de entre la leña y empezó aporrearme con él. Gracias a eso logré aliviar la tensión que había acumulado durante mi viaje a Kofu.

Dos o tres días después, estaba muy distraído, con pocas ganas de trabajar. Me sentaba a la mesa para garabatear sin ganas. Fumaba cantidades ingentes de Golden Bat[18], retozaba, me distraía con cualquier cosa, canturreaba... No lograba completar una página al día de la novela que trataba de escribir.

—No le va muy bien desde que volvió de Kofu, ¿verdad?

Una mañana estaba sentado a la mesa con la barbilla apoyada en la mano. Tenía los ojos cerrados. No dejaba de dar vueltas y más vueltas a todo tipo de cosas. La hija de la dueña fregaba el suelo de la alcoba justo detrás de mí. Sus palabras me sonaron como un reproche sincero, con un punto de amargura incluso.

—¿Eso crees? —contesté sin molestarme en darme la vuelta—. No me va muy bien, ¿cierto?

18    Marca comercial de los cigarrillos que fumaba Dazai.

—No —confirmó ella sin dejar de fregar—.
Los últimos dos o tres días no ha hecho usted nada.
Todas las mañanas ordeno las páginas que ha escrito el
día anterior. Me gusta hacerlo y me alegra comprobar que
ha escrito mucho. Anoche vine para mirar qué hacía y
sabe qué... Estaba tumbado en el futón con la colcha por
encima de la cabeza.

Le agradecí sus palabras. Puede que exagere un poco,
pero su preocupación era el apoyo y el ánimo más sincero
que podía recibir alguien como yo empeñado en sacar
su vida adelante. Me lo decía sin esperar nada a cambio.
En ese instante, me pareció que poseía una gran belleza.

A finales de octubre, las hojas de los árboles
terminaron por ajarse y, después de una tormenta
nocturna, no quedaron a la vista más que los bosques
desnudos, preparados para el inminente invierno. Apenas
venía gente. Los autobuses dejaron de circular y, de vez
en cuando, la dueña se iba de compras a Funazu o a
Yoshida con el niño. Su hija y yo nos quedábamos a solas
en la desierta posada. Uno de esos días, aburrido de estar
sentado en mi cuarto, decidí salir a dar un paseo. La chica
estaba en el patio trasero. Lavaba la ropa. Me acerqué,
sonreí.

—¡Me aburro! —dije en voz alta.

Agachó la cabeza y, cuando vi su cara, me asusté.
Estaba al borde de las lágrimas, atemorizada. Ya veo,
pensé. Me sentí muy a disgusto, me di media vuelta y

empecé a caminar aprisa por el sendero cubierto de hojas muertas. Me sentía terriblemente mal.

A partir de ese momento fui mucho más cuidadoso. Cada vez que nos quedábamos solos, trataba de no salir de mi cuarto. Si venía un cliente, aprovechaba para bajar y vigilar la situación y, para protegerla, me sentaba en un rincón a beber un té. Un día, apareció una mujer vestida de novia con un quimono de ceremonia, acompañada de dos hombres mayores. Venían en un coche de alquiler. La chica estaba sola. Bajé y me senté en el rincón de siempre a fumar un cigarrillo. A la novia no le faltaba un detalle: quimono largo, *obi*[19] dorado ceñido por un cordón rematado en un elaborado nudo, sombrero blanco de boda... Sin saber bien cómo recibir a tan singulares invitados, la chica les sirvió un té y se retiró al mismo rincón donde estaba yo, como si quisiera esconderse detrás de mí. Desde allí observó a la novia. Fue una de esas escenas a las que uno solo asiste una vez en la vida... Sin duda, la novia era de algún lugar al otro lado de la montaña e iba de camino a Funazu o de Yoshida para la ceremonia. Debieron de detenerse allí para descansar y contemplar el monte Fuji, que presentaba una estampa, incluso para un observador ocasional, irresistiblemente romántica. Al cabo de un rato, la novia se levantó y salió para contemplarlo desde fuera a placer. Estaba de pie con las piernas cruzadas. Una pose atrevida teniendo

19   Cinturón ancho de seda que sujeta y ciñe el quimono, tanto de hombre como de mujer.

en cuenta el difícil equilibrio con el quimono. Se la veía muy segura de sí misma, me dije sin dejar de admirar la imagen que ofrecía al contemplar el Fuji. Pero, de pronto, levantó la mirada hacia la cumbre y abrió la boca en un enorme bostezo.

—¡Vaya!

El grito apagado de la chica evidenció que tampoco ella se perdía ripio. La mujer subió al coche enseguida con sus acompañantes y se marchó, pero se convirtió en el tema de nuestra charla.

—Parece acostumbrada a esto. Se la veía muy fría. Debe de ser su segunda, no, al menos su tercera boda. El novio en cuestión la estará esperando en alguna parte, pero ella ha decidido pararse a mitad de camino para contemplar el Fuji. No me digas que una mujer que se casa por primera vez tiene la calma suficiente para hacer eso.

—¡Ha bostezado! —coincidió la chica conmigo—. Ha abierto completamente esa boca grande que tiene... Debería avergonzarse. Haga lo que haga, señor, no se case nunca con una mujer como esa.

A pesar de mi edad, me sonrojé. Mis planes de boda avanzaban poco a poco gracias a cierto mentor mío que se había hecho cargo de todo. La ceremonia, humilde pero no por ello menos digna, apenas iba a contar con la presencia de dos o tres amigos parientes en casa de mi mentor. Yo me sentía como un niño amparado por el afecto de los demás.

Nada más llegar el mes de noviembre, el frío en el paso de Misaka se hizo insoportable. En la planta de abajo encendieron una estufa.

—Debe de estar congelado ahí arriba. ¿Por qué no baja a trabajar junto a la estufa? —sugirió la dueña.

Por desgracia, me resultaba imposible concentrarme con gente a mi alrededor. Decliné su ofrecimiento, pero seguía preocupada por mí y un buen día se marchó a Yoshida y volvió con un *kotatsu*[20]. Acurrucado bajo la manta, agradecí en lo más profundo de mi corazón las atenciones de aquellas personas. Sin embargo, al contemplar el Fuji cubierto ya en sus dos terceras partes por un manto de nieve y los desolados árboles de las montañas cercanas, empecé a no comprender por qué debía resistir más tiempo aquel frío penetrante. Decidí que había llegado el momento de regresar. El día antes de mi partida, me senté en la tienda abrigado con dos *dotera*, una encima de la otra. Estaba tomando una taza de té cuando dos mujeres jóvenes con aspecto de instruidas y tapadas con sus abrigos de invierno —mecanógrafas, pensé— llegaron a pie por la dirección del túnel. No dejaban de reírse. De pronto, el Fuji se apareció ante ellas y se quedaron plantadas como si les hubieran disparado. Se consultaron algo en un susurro y una de las dos, la de piel más blanca con gafas, me sonrió y me preguntó:

20  Sistema de calefacción tradicional. Es una mesa baja cubierta por un edredón, con un brasero o estufa debajo.

—Disculpe, ¿podría sacarnos una foto?

Me aturullé. No se me daban bien los aparatos y no tenía el más mínimo interés en la fotografía. Escuálido y envuelto en mis dos *dotera*, tenía un aspecto terrible. Hasta la gente de la posada se reía de mi aspecto de bandido de las montañas. Quizás por eso, aquella inesperada petición de esas dos hermosas flores de Tokio —suponía— me provocó un ataque de pánico. No obstante, se me ocurrió que, a pesar de mi facha, cualquiera podría haber detectado en mí cierta sensibilidad y sofisticación, lo cual lo habría llevado a concluir que tenía la habilidad y destreza suficientes para disparar una cámara. Animado, fingí despreocupación al sostener el objeto entre mis manos. Pregunté, como quien no quería la cosa, cómo se manejaba y acerqué el ojo al visor. Todo ello sin dejar de temblar. En mitad de la lente se veía el monte Fuji, enorme, imponente, y debajo, en primer plano, a aquellas dos pequeñas amapolas con sus abrigos rojos. Se acercaron como si se abrazaran y miraron a la cámara con una expresión solemne, sobria. Me resultó tan gracioso que no pude evitar que las manos me temblaran todavía más. Reprimí la risa como pude, miré por el visor y mis dos amapolas se pusieron aún más rígidas y presumidas. Al final decidí eliminar a las dos chicas de la imagen. Solo estaría el Fuji. Adiós, Fuji. Gracias por todo. Clic.

—Listo.

—Gracias —dijeron al unísono. Su sorpresa al revelar la foto iba a ser mayúscula. Solo el Fuji en el centro de la imagen. Ni rastro de ellas.

Al día siguiente me marché del paso de Misaka. Mi primera noche en Kofu me alojé en un hotel barato. Al despertarme por la mañana, me apoyé en la barandilla del pasillo exterior para contemplar el Fuji, que destacaba apenas un tercio entre las demás montañas a su alrededor. Luego contemplé una flor que parecía un alquequenje.

SATORI  hilados

Una colección de cuadernos artesanales
con hilo visto en cosido Singer.